VENTE

Du Samedi 17 Décembre 1887, à deux heures

HOTEL DROUOT, SALLE N° 7

BEAUX BIJOUX

Perles fines, Brillants, Pierres de couleurs

MINIATURES, OBJETS DE VITRINE

TABLEAUX MODERNES, SCULPTURES

Émaux cloisonnés, Curiosités

MEUBLES

EXPOSITION PUBLIQUE

Le Vendredi 16 Décembre, de 1 heure 1/2 à 5 heures 1/2

M° ESCRIBE	M. A. BLOCHE
COMMISSAIRE-PRISEUR	EXPERT
rue de Hanovre, n° 6	rue Chauchat, n° 23

PARIS — 1887

Vᵛᵉ RENOU ᴇᴛ MAULDE

IMPRIMEURS DE LA COMPAGNIE DES COMMISSAIRES-PRISEURS

Rue de Rivoli, 144

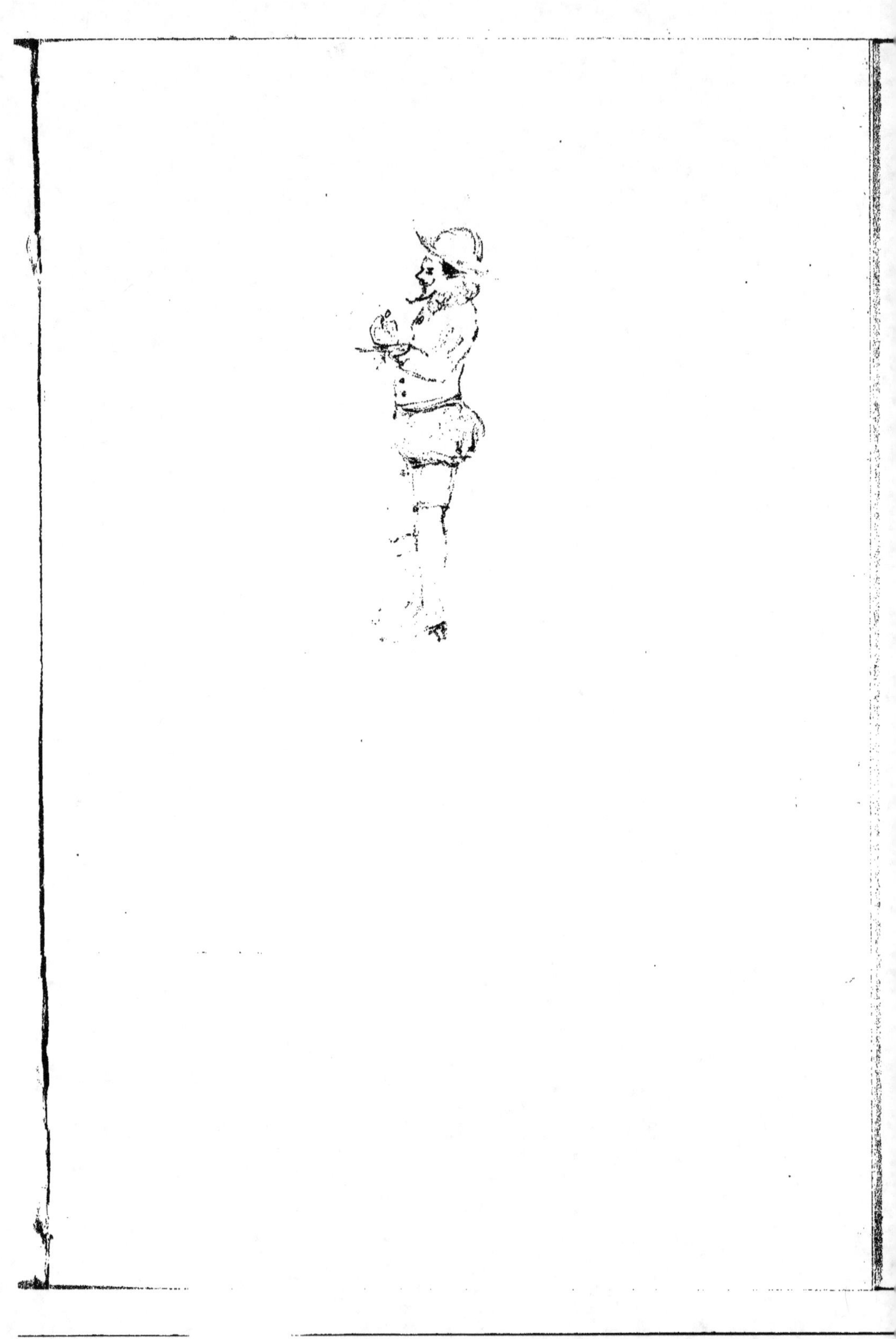

CATALOGUE

DE

BEAUX BIJOUX

BOUTONS D'OREILLES, BRACELETS, BROCHES
BAGUES

ENRICHIS DE

Brillants, Perles fines et Pierres de couleurs

OBJETS DE VITRINE, MINIATURES

TABLEAUX MODERNES

Buste en marbre, Statuette en terre cuite
Émaux cloisonnés, Mosaïques, Faïences, Porcelaines

MEUBLES, ÉTOFFES

DONT LA VENTE AUX ENCHÈRES PUBLIQUES AURA LIEU

HOTEL DROUOT, SALLE N° 7

Le Samedi 17 Décembre 1887

A DEUX HEURES

Mᵉ ESCRIBE	M. A. BLOCHE
COMMISSAIRE-PRISEUR	EXPERT
rue de Hanovre, 6	rue Chauchat, 23

CHEZ LESQUELS SE TROUVE LE CATALOGUE

EXPOSITION PUBLIQUE

Le Vendredi 16 Décembre, de 1 heure 1/2 à 5 heures 1/2

PARIS — 1887

CATALOGUE

DE

BEAUX BIJOUX

BOUTONS D'OREILLES, BRACELETS, BROCHES
BAGUES

ENRICHIS DE

Brillants, Perles fines et Pierres de couleurs

OBJETS DE VITRINE, MINIATURES

TABLEAUX MODERNES

Buste en marbre, Statuette en terre cuite
Émaux cloisonnés, Mosaïques, Faïences, Porcelaines

MEUBLES, ÉTOFFES

DONT LA VENTE AUX ENCHÈRES PUBLIQUES AURA LIEU

HOTEL DROUOT, SALLE N° 7

Le Samedi 17 Décembre 1887

A DEUX HEURES

M⁵ ESCRIBE	M. A. BLOCHE
COMMISSAIRE-PRISEUR	EXPERT
rue de Hanovre, 6	rue Chauchat, 23

CHEZ LESQUELS SE TROUVE LE CATALOGUE

EXPOSITION PUBLIQUE

Le Vendredi 16 Décembre, de 1 heure 1/2 à 5 heures 1/2

PARIS — 1887

CONDITIONS DE LA VENTE

Elle sera faite au comptant.

Les Acquéreurs paieront, en sus des adjudications, CINQ CENTIMES PAR FRANC, applicables aux frais.

Aucune réclamation ne sera admise une fois l'adjudication prononcée.

DÉSIGNATION

BIJOUX

1 — Paire de Boutons d'oreilles, composés chacun d'une très belle perle ronde entourée de dix brillants.

2 — Bracelet monté d'une grosse perle blanche, forme bouton, entourée de dix brillants et d'autres brillants sur le corps. Le chaton central se détache et s'adapte à une bague.

3 — Belle paire de Boutons d'oreilles, montés chacun d'un brillant solitaire.

4 — Broche, forme fer à cheval, montée de trente-huit brillants.

5 — Broche-Pendentif en brillants.

6 — Églantine en brillants.

7 — Bague montée d'un saphir entouré de douze brillants et deux brillants sur le corps.

8 — Deux Bracelets de bras, réunis par une chaîne en or, montés chacun de quatre brillants, deux rubis et deux émeraudes.

9 — Bague montée d'un gros brillant rose, entouré de vingt petits brillants.

10 — Bague montée d'un saphir cabochon entouré de seize brillants.

11 — Bague montée d'une grosse topaze bleue et de brillants et roses dans la monture.

12 — Bague montée de deux brillants et de roses.

13 — Bague montée d'une émeraude entourée de petits brillants.

14 — Bague montée de dix perles blanches et grises et de roses.

15 — Divers Bijoux en or.

ARGENTERIE, OBJETS DE MONTRE

16 — Joli Porte-Huilier en argent ciselé, du temps de l'Empire, modèle à lyre.

17 — Un Broc et deux Chopes en cristal taillé, à facettes, montures en argent anglais.

18 — Étui-Nécessaire en maroquin, monté en or gravé, garni de toutes ses pièces, époque Louis XVI.

19 — Boîte ovale en jaspe sanguin, monture en or.

20 — Petit Coffret rectangulaire, composé de six plaques en ancien émail de Chine.

21 — Cachet en argent ciselé : Figurine de page.

—

MINIATURES

22 — Jolie Miniature ronde, du temps de Louis XVI : jeune Femme couchée sur un divan (composition inspirée de Fragonard), montée sur une bonbonnière en ivoire.

23 — Miniature : Portrait de femme. Cadre en argent.

24-40 — Dix-sept Miniatures : Portraits d'Hommes et de Femmes, du temps de Louis XVI et du temps de la Révolution.

TABLEAUX

BROWN (John-Lewis)

41 — Paysage.

Des chasseurs demandent des renseignements à une bergère.

Toile. — H. 0^m55. L. 0^m45.

CERAMANO

42 — Moutons au pâturage.

Toile. — H. 0^m60. L. 0^m73.

COROT (Attribué à)

43 — Paysage : Pêcheurs dans un bateau.

GEGERFELT (W. DE)

44 — Marine.

Bois. — H. 0ᵐ36. L. 0ᵐ65.

JUNGHEIM (CARLE)

45 — Marine : Falaises.

MARTIN (PAUL)

46 — Dans les Marais des Grillons.

Belle et importante aquarelle.

H. 0ᵐ64. L. 0ᵐ96.

QUOST

47 — Fleurs dans un vase.

Toile. — H. 0ᵐ65. L. 0ᵐ54.

48 — Fleurs dans un vase tressé.

Bois. — H. 0ᵐ58. L. 0ᵐ47.

VERNIER (Émile)

49 — Vue de Venise : le Palais Giovannelli.

Toile. — H. 0^{m}60. L. 0^{m}40.

SCULPTURES, ÉMAUX CLOISONNÉS
BRONZES
FAIENCES, PORCELAINES

50 — **Mathurin-Moreau**. La Bise. Statuette en terre cuite.

51 — **Carrier-Belleuse**. Le Souvenir. Buste en marbre.

52 — Deux Chimères en ancien émail cloisonné de Chine, décor bleu d'empois, sur fond bleu turquoise, avec parties réservées en bronze doré, sur socles également en émail cloisonné, à décor à fleurs en polychrome, sur fond bleu turquoise.

53 — Beau Vase en ancien émail cloisonné de Chine, à décor de fleurs en polychrome, sur fond bleu turquoise, avec anses en forme de sphinx en bronze doré.

54 — Deux Cornets en ancien émail cloisonné de Chine, décor en polychrome, sur fond bleu turquoise.

55 — Deux Plaques rectangulaires en mosaïque : le Christ et la Madeleine.

56 — Deux Flambeaux en bronze vieil argent, à bustes de Faune et Faunesse.

57 — Aiguière forme casque, en faïence de Rouen, à décor bleu sur blanc.

58 — Deux jolies Jardinières d'applique, forme rocaille, en faïence de Marseille, décor à fleurs.

59 — Deux Compotiers en ancienne porcelaine de Chine de la famille verte.

60 — Joli Coffret en lapis, monté en bronze; le dessus orné d'un groupe de fruits en matières dures en relief.

MEUBLES, ÉTOFFES

61 — Beau Fauteuil en bois noir sculpté, à têtes
de Faune, couvert en tapisserie au point et au
petit point, style Louis XIV, à figures, oiseaux
et ornements.

62 — Table à quatre pieds cannelés, en noyer ciré.

63 — Ancien Bahut italien en bois noir, orné de
verres églomisés, socle-console en bois sculpté,
à guirlandes de fruits et fleurs supportées par
deux nègres. Il est surmonté d'une pendule à
cadran peint sur cuivre, représentant le Temps
montrant l'heure.

64 — Table à jeu Louis XVI en acajou, à filets
de cuivre.

65 — Bibliothèque Louis XVI en acajou, à filets
de cuivre.

66 — Vitrine Louis XVI en acajou, à filets de
cuivre.

67 — Chiffonnier ancien en marqueterie de bois.

68 — Deux Torchères à figures de Nègre et
Négresse.

69 — Deux beaux Châles de l'Inde.

70 — Ancienne Chasuble en satin brodé de fleurs,
époque Louis XIII.

71 — Meubles anciens et modernes et Objets
divers non catalogués.

Vve Renou et Maulde, imprimeurs de la Cie des Commissaires-Priseurs,
rue de Rivoli, 144.   400—83485